快乐魔法学校

⑨ 战无不胜药水

© 2018, Magnard Jeunesse

本书简体中文版专有出版权由Magnard Jeunesse授予电子工业出版社。未经许可，不得以任何方式复制或抄袭本书的任何部分。

版权贸易合同登记号　图字：01-2023-4943

图书在版编目（CIP）数据

战无不胜药水 ／（法）埃里克·谢伍罗著；（法）托马斯·巴阿斯绘；张泠译. --北京：电子工业出版社，2024.2
（快乐魔法学校）
ISBN 978-7-121-47223-7

Ⅰ.①战… Ⅱ.①埃… ②托… ③张… Ⅲ.①儿童故事-法国-现代 Ⅳ.①I565.85

中国国家版本馆CIP数据核字（2024）第034290号

责任编辑：朱思霖　文字编辑：耿春波
印　　刷：北京瑞禾彩色印刷有限公司
装　　订：北京瑞禾彩色印刷有限公司
出版发行：电子工业出版社
　　　　　北京市海淀区万寿路173信箱　邮编：100036
开　　本：889×1194　1/32　印张：13.5　字数：181.80千字
版　　次：2024年2月第1版
印　　次：2024年2月第1次印刷
定　　价：138.00元（全9册）

凡所购买电子工业出版社图书有缺损问题，请向购买书店调换。
若书店售缺，请与本社发行部联系，联系及邮购电话：(010) 88254888，88258888。
质量投诉请发邮件至 zlts@phei.com.cn，盗版侵权举报请发邮件至 dbqq@phei.com.cn。
本书咨询联系方式：(010) 88254161转1868，gengchb@phei.com.cn。

[法]埃里克·谢伍罗 著 [法]托马斯·巴阿斯 绘 张泠 译

快乐魔法学校

⑨ 战无不胜药水

电子工业出版社
Publishing House of Electronics Industry
北京·BEIJING

目录

第一回　　"梦之队"　　　　　5

第二回　　集训　　　　　　　11

第三回　　一臂之力　　　　　17

第四回　　更快!　　　　　　23

第五回　　更高!　　　　　　31

第六回　　更强!　　　　　　39

第一回
"梦之队"

超级坏消息！明天我们班和隔壁班要来一场比赛，好像是"铁人三项魔力赛"。

"这次，你们要四人组队，以团队的方式进行比拼！"赛比雅老师向我们宣布了这个决定，她看起来十分开心。

问题是，我一参加比赛就紧张，该冲锋陷阵的关键时刻我总会发挥失常。而且，这次活动会请家长们来观看！隔壁班的同学们肯定也会放手一搏，拼尽全力！

更别提隔壁班那个强大的组合——布吕图斯三剑客了！简单说来就是隔壁班有个叫布吕图斯的同学，他和另外两个跟他长得特别像的男孩子一起组成了一支强队。他们三个就爱欺负我，一到课间就来找我的麻烦，不是给我使绊儿，就是抢走我的书包当球扔。

"哎，小不点儿！"

啊！怕什么来什么……

"伙计们，快看这是谁呀！"布吕图斯怪声怪气，"这不是小不点儿和他的手下败将队嘛！"

布吕图斯二号和布吕图斯三号哈哈大笑起来。

"我们不费吹灰之力,就能把你们打得屁滚尿流,你知不知道啊!"

正在这时,隔壁班的班主任梅地亚道尔老师和我们班的班主任赛比雅老师从教学楼里走出来,到操场上带领大家组队。

"我们先在每班选出四个队长。"赛比雅老师说。

"然后，由每个队长逐个挑选他的队员。"梅地亚道尔老师补充道。

不出所料，哪个队长都没有选我们几个。我对此已经麻木了，不选我们，道理不是明摆着嘛：戴眼镜的摩图斯眼神非常不好；马吕斯跑得一点儿也不快；马克西姆斯更是弱不禁风；至于我……唉，我可能是最不灵活的那一个了！于是，最后，就剩我们四个没人选。

队长们都很紧张，生怕老师把我们硬塞进哪个队。老师稍稍犹豫了一下，提出的方案让队长们都松了一口气："嗯，既然这样……要不你们四个就组成一队，怎么样？"

"哈，这就好看了，"布吕图斯嘲笑道，"缺胳膊短腿队！"

说着，他还猛地在我后背上拍了一下，我一个趔趄，要不是队友们拉住我，我肯定摔个满嘴啃泥……

"别气馁，"摩图斯鼓励我，"我们努力训练训练……要相信自己！"

第二回
集 训

铁人三项魔力赛包括接力赛、魔力球赛和意念控制赛。

午休的时候,摩图斯、马吕斯、马克西姆斯和我抓紧时间到操场上集训。

我们决定先集训一下魔力球。在这项比赛当中,球员只能用意念控制魔力球,并将球投进篮筐,在运球的过程中不能让对方的球员碰到球。魔力球赛要想赢，靠的就是意念力和团队合作。

"摩尔迪古斯，接球！"摩图斯对我大喊道。

我赶紧伸开双臂，但是球却突然变了向，呼地一下绕到了我的身后。

"小心！"

来不及了：球结结实实地砸到了我的后脑勺，然后落到地上……然后，滚到了……布吕图斯的手里。

"哟，小不点儿，你们这些人连接球都不会吗？"

他边奚落我们，边拿起魔力球，然后启动了他的意念控制。只见魔力球猛地冲过来，挨个砸大家的头，疼得大家一片惨叫："哎呀！""哦！""怎么回事？我

的头!"

他的那两个同伙则幸灾乐祸地哈哈大笑起来。

"他们三个在,还怎么训练啊!"马克西姆斯怨声载道。

"可不是嘛,"摩图斯也嘟嘟囔囔,"咱们放学以后到公园里去练吧!你们骑上魔法扫帚,咱们练接力。"

我们按照约定的时间来到了公园,用衣服拉起了训练赛道。接力赛中每个队员都要完成以下挑战:障碍挑战——在一排大树之间穿行;穿越挑战——从两根树枝之间的狭小缝隙之间迅速通过;回旋挑战——要快速转过一个很大的转弯;速度挑战——全速完成自己这一棒。

但我们刚一开始尝试就溃不成军：摩图斯没看好方向挂在了树上；马吕斯没控制好转弯直接掉了下来；马克西姆斯控速失败吊在魔法扫帚上下不来；而我，则在第一个加速的时候就"坠机"了。我们可真不愧是支"梦之队"啊！

"要不，咱们试试最后一项？"马吕斯还存有一丝希望。

这个项目需要用意念控制重物，让重物升空然后抛远，谁抛得最远谁就获胜。

"咱们用什么训练呢？"

"喏，这个，怎么样？"我指着一块大石头说。

我们四个轮流尝试,但任凭我们怎么努力地集中意念,大石头也纹丝不动。

"算了,我们还是换这块吧。"马吕斯发现了一块小很多的石头。

这回,我很快就成功地让石头升到了半空。但是,抛石头的时候,我突然失去了控制,石头一下子飞向我的伙伴们,眼看就要砸到他们的头。幸好他们有所防备,及时跑开了。

好沮丧啊……我们什么都练不好!

第三回
一臂之力

回到家里,我的癞蛤蟆阿尔诺正在我房间里乖乖地等我。

"呱,不太对劲……是我,呱,看错了,呱?"

我把所有的委屈一股脑都说给它。阿尔诺听了不但没有同情我,反而咯咯咯地笑了起来!

这下把我惹火了，我气哼哼地说："哼，我一定要想个办法……"

"呱，我的主人，如果你是想请个教练，那远在天边，呱，近在眼前。别忘了我昔日的荣，呱，光啊，在赛场上，我可是对手们闻风丧胆的大英雄，呱！"

确实，阿尔诺在变成癞蛤蟆之前是一位王子。王子参加过的竞技赛数不胜数，称得上"身经百战"。

但我的想法跟它并不一样："不，我没想找教练，我想的是找点儿魔药用用……但是，你得帮我。而且，你不能泄密，尤其不能让我爸爸妈妈知道！"

"什么,呱?这是作弊,呱!"

"才不是呢,作弊是为了赢。我们只是为了不在大庭广众下丢人!"

阿尔诺还想劝我:"重在,呱,参与,呱,摩尔迪古斯……"

"重在不被人耻笑!你就说帮不帮我吧,嗯?"

阿尔诺没办法,只好让步,陪着我一起走进了平日严禁我进入的地方:爸爸的书房。

爸爸的书架上摆满了大部头，有些看起来很古老。我一排一排地搜寻过去，时不时地停下来仔细看看某些书的目录……

要抓紧时间！上一次我悄悄潜进爸爸书房，结局着实不怎么样。

突然，一个书名映入我的眼帘：《战无不胜药水：能让人在任何情况下变得更高、更快、更强！》。

太棒啦！这不正是我想要的嘛！而且，配置药水需要的原料，架子上也都有……

第 四 回
更 快！

第二天，风和日丽。我和我的小伙伴们来到了公园，竞赛就在这里举行。

看到队友们一副垂头丧气的样子，我迫不及待地告诉他们我已经有办法啦……但是我来不及给他们细说，赛比雅老师就招呼大家集合，不过至少我的队友们好像重拾了一些信心。

随着梅地亚道尔老师的一声哨响,参赛队伍入场。观众席上一片热烈的欢呼和加油声,我的爸爸妈妈也在其中,阿尔诺也在,我看到它激动得上蹿下跳。我的姥姥也来了!

我和我的队友们穿着红色的运动背心。当我们队走过观众席时,我的妈妈和姥姥突然扯起了一道横幅,上面赫然写着:红队必胜!还有一行小字:摩尔迪古斯,加油!

这一定是她们昨天晚上背着我偷偷准备的,我真想找个地缝钻进去……

"哈哈,写得好,小不点儿必胜!"布吕图斯不失时机地冷嘲热讽。

首先进行的项目是接力赛。看到我们跨上了魔法扫帚,我的姥姥来了精神,她竟然拼命地吹起了口哨!这让我更尴尬了……

但是不得不说,姥姥对接力赛有绝对的发言权。她年轻的时候,甚至得过锦标赛冠军……

我们的队伍要上场啦,我悄悄地从口袋里拿出一个小小的喷雾,这里面装着我昨晚连夜配制的战无不胜药水。我给我的队员们每个人都喷了一点儿,给自己喷了双倍的分量!

第一棒是摩图斯,他嗖地一下出发啦。令他自己都不敢相信的是,他竟然敏捷地穿过了各种障碍。

随后，马吕斯接棒，他也完美地通过了所有的挑战。第三棒是马克西姆斯，他出人意料地从头到尾都稳稳地骑在扫帚上，没有出什么差错。

轮到我上场啦！马克西姆斯冲过来跟我击掌，我随即就像火箭发射一样冲了出去！

我灵巧地在大树间穿梭而过，一点儿闪失都没有，然后像闪电一样敏捷地钻过了树枝障碍，一个完美转弯之后，我全速冲到了终点。在冲过终点线的时候，我施展出了特别帅气的姿势，然后一个精彩的转身，稳稳地降落到地面上。

梅地亚道尔老师按下秒表的瞬间，全场掌声雷动。我的姥姥激动得跳了起来，还拦腰抱着爸爸使劲儿摇晃。

赛比雅老师宣布成绩，我简直不敢相信自己的耳朵："接力赛冠军，红队！"

我偷眼看了看布吕图斯三剑客，他们也是一副没回过神来的样子。

接下来要比的是魔力球，这跟刚才的项目比起来，就更难了……不过，我给大家又悄悄喷了一遍战无不胜药水，好啦！出击！

第 五 回
更　高！

赛比雅老师吹响了哨子，她挥手把所有队伍召集到一起。

我们队首先要对阵的，竟然是绿队，也就是布吕图斯三剑客。这着实不太妙……我的队员们面露难色，但我给了他们一个微妙的眼神，这让他们好像又自信了起来。

入场的时候，布吕图斯嚣张地冲着我咧嘴："怎么样啊，小不点儿，准备好迎接失败了吗？"

我才不理他。哨声一响，我就努力调动意念控球。我把球传给摩图斯，然后摩图斯又给我一个回传。我带球上篮，布吕图斯试图阻拦，但我没有给他机会，就在

他要把球抢走的一瞬间，我加强意念让魔力球倏地来了个变向，球又回到了我的掌控中。

我闭上眼睛，尽全力控球，找准方向……投篮！只见魔力球高高弹起，随即就像被一只巨手拿着一样，稳稳地被投进了篮筐。

真是一记精彩的扣篮!观众席上再次响起了雷鸣般的掌声!

接下来的比赛简直就像在做梦一样:对手几乎碰不到球,而且就算他们要投篮,我也用意念将他们的球在命中前一刻成功拦截。

我甚至还逗了逗乐子。我假装没控住球,让球砸在布吕图斯的脑袋上、肚子上,还让球从他的双腿中间穿过……我的队员们被逗得哈哈大笑。但是,观众们对此嘘声一片。

确实，这样戏弄对手不是什么光彩的事情。不过比分没有因此受到影响。

12∶0，我们碾压式地战胜了对手！

"怎么样，布吕图斯？"我终于可以扬眉吐气，"到底谁是手下败将啊？"

退场经过观众席的时候，我看到爸爸妈妈并没有为我鼓掌，相反他们看我的眼神很奇怪。从姥姥身边走过的时候，她甚至跟我小声说："哎，摩尔迪古斯，你这是用了什么招数？我感觉好像有什么不公平哦，我的宝贝……"

他们爱怎么想就怎么想,反正我想要实现的就在眼前:我正在带领着我的队员们奔向胜利!只要赢得最后一项比赛,我们就是绝对的冠军!

第六回
更　强！

在意念控制赛这个环节，布吕图斯代表他的队伍出战，而我则代表我的队伍。布吕图斯先上场，只见他摆好了架势，深吸一口气，然后他只是稍微看了一眼大铁块，大铁块就慢慢地离开地面，升到了一定高度，布吕图斯一个发力，将大铁块抛到了几米开外。

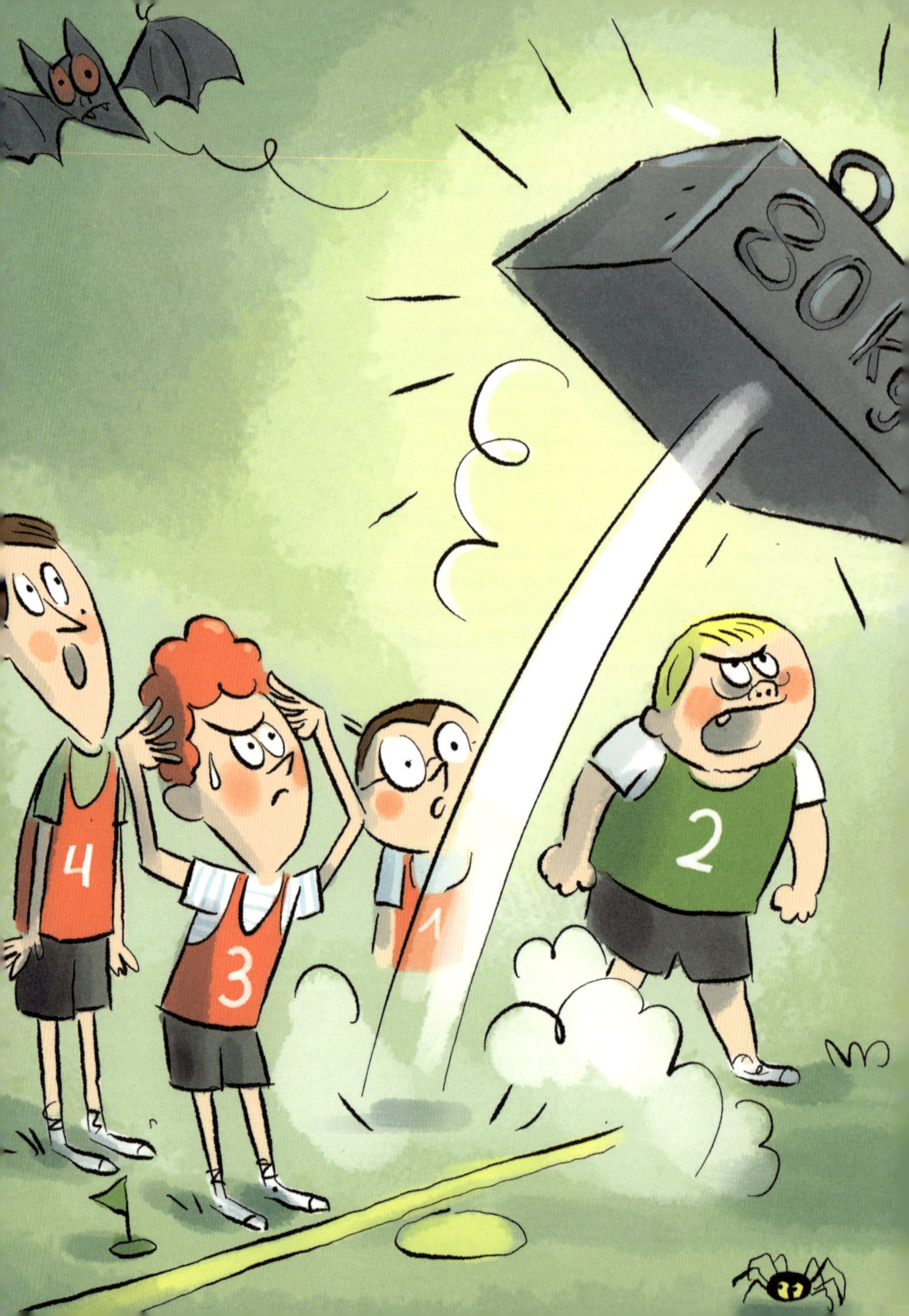
80 kg

梅地亚道尔老师测量了一下距离，大声宣布："5米3！"

这个成绩相当不错，但我毫无惧色。

轮到我上场……我集中意念，拼尽全力把大铁块抛了出去。梅地亚道尔老师和布吕图斯应该没想到我能抛这么远，他们差点儿被大铁块砸到，幸亏他们躲得快。

"5米3！"梅地亚道尔老师念出了我的成绩。平局！

我有些慌……我本以为能比布吕图斯抛得远一些，毕竟我是有魔法药水助攻的人呀！

"还是要决出个胜负的，"赛比雅老师思考了一下，继续道，"那我就给你们安排一场加赛好了……"

于是，大家立起了一个靶子。

"光有力量还不够，咱们再比一场技巧定输赢吧！"赛比雅老师宣布。

梅地亚道尔老师给布吕图斯准备弓箭的时候，我又悄悄给自己喷了一下战无不胜药水。

布吕图斯拉满弓弦，他把两只眼睛都闭上以便于更好地集中意念。

几秒以后：嗖！他的箭距离靶心只差一点点儿。

轮到我了。我没有闭上眼睛，虽然我知道这个全靠意念控制，但是我还是想看着现场的情况。我盯住靶子，打开弓弦，撒手，嗖！我的箭距离靶心只差两毫米……比布吕图斯的还要接近靶心！第二支箭我也胜他一等。胜券在握！

当布吕图斯的第三支箭正中靶心的时候，全场观众都震惊了，大家情不自禁地发出了赞叹……

但我并不气馁。我再次拉弓射箭，我的箭也会正中靶心的。

啊！全场观众再次被震惊了，不过这次不是因为赞叹，而是因为遗憾。我的最后一支箭竟然脱靶了！

"这不应该啊！战无不胜药水难道失效了？"回到观众席上，我迫不及待地跟我的癞蛤蟆探讨。

"什么，呱，药水？"阿尔诺一脸疑惑，"你说的是这瓶呱？"

阿尔诺拿出了一个药瓶，跟我刚才用的一模一样。

"我不想，呱，你赢得不，呱，光彩，"阿尔诺接着说，"所以我悄悄，呱，把你口袋里的药瓶换了……你刚才用的那瓶，呱，里面装的只是，呱，清水而已。"

"那，我们怎么能……"

我突然明白了，我们的出色表现，并不是因为什么药水而是全靠我们的努力、我们的团队精神和我们重新找回的自信！

赛比雅老师和梅地亚道尔老师让所有同学集合进行颁奖仪式。

"这么说，"我们领了奖牌从领奖台下来的时候，摩图斯小声跟我说，"咱们队也不是那么菜，对吧？"

我笑着表示赞同。我招呼小伙伴们明天晚上一起玩魔力球，不为比赛，只为开心！

散场的时候，阿尔诺对我发起了挑战："咱们比赛看谁先跑回家！"

"好呀！"我开心地回答。

"出发,呱!"阿尔诺给自己喷了一点儿战无不胜药水,这次,它用的可是真的!